SANTILLANA USA

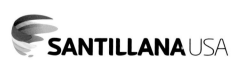

Resumir

Resumir es contar el cuento usando tus propias palabras. En el **resumen** se cuentan las partes más importantes. Si resumes, hablas de los **personajes**, el **problema** y la **solución**.

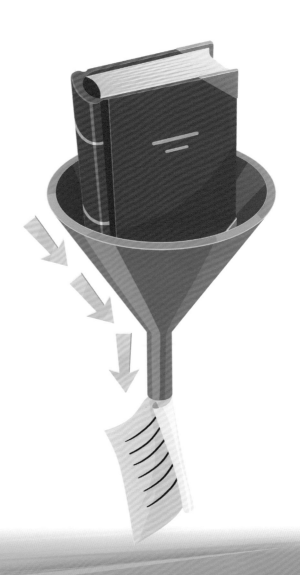

Caperucita Roja

Lada J. Kratky
Ilustraciones de Héctor Borlasca

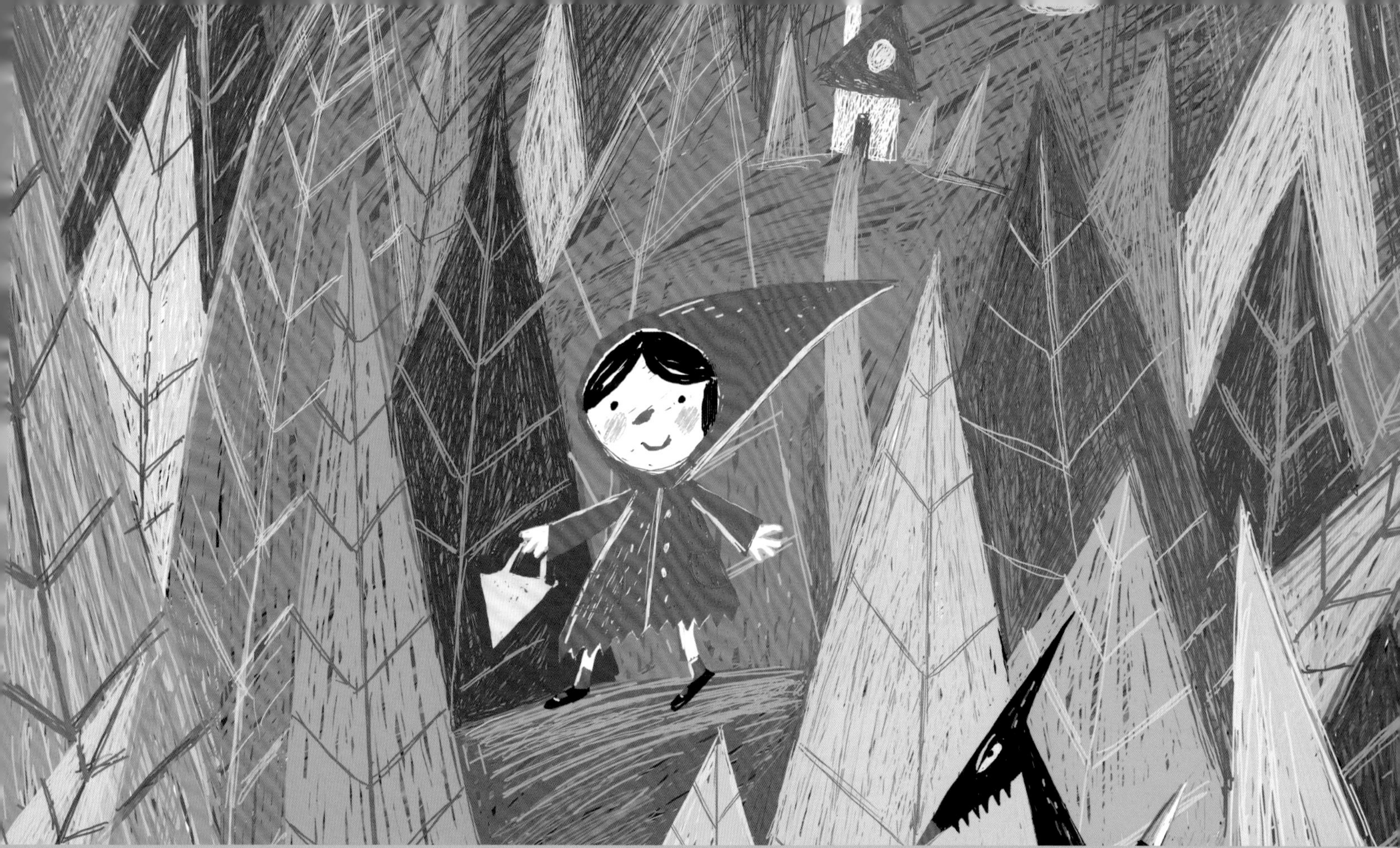

Esta es Caperucita Roja. Está contenta.

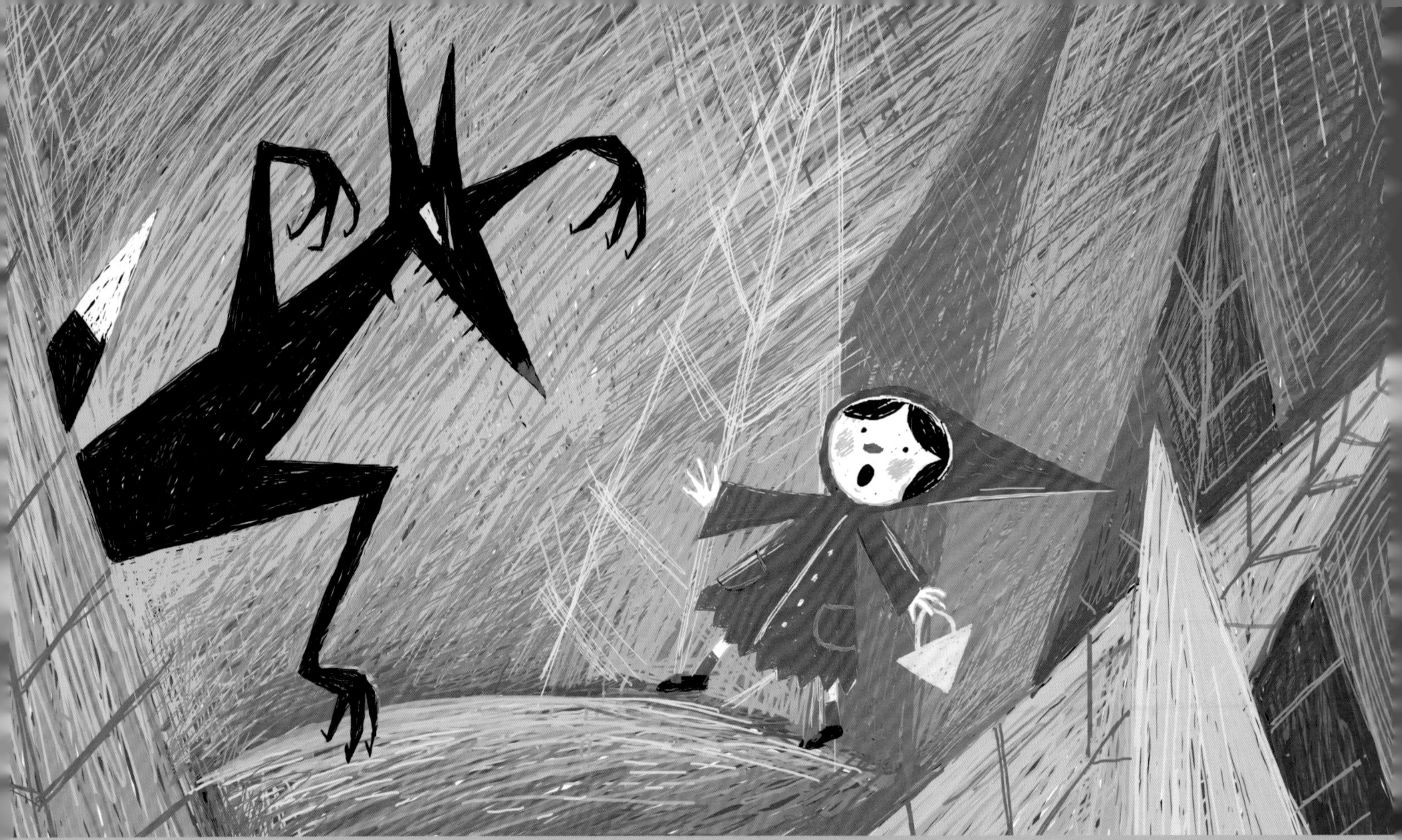

Esta es Caperucita Roja en el bosque.
Está asustada.

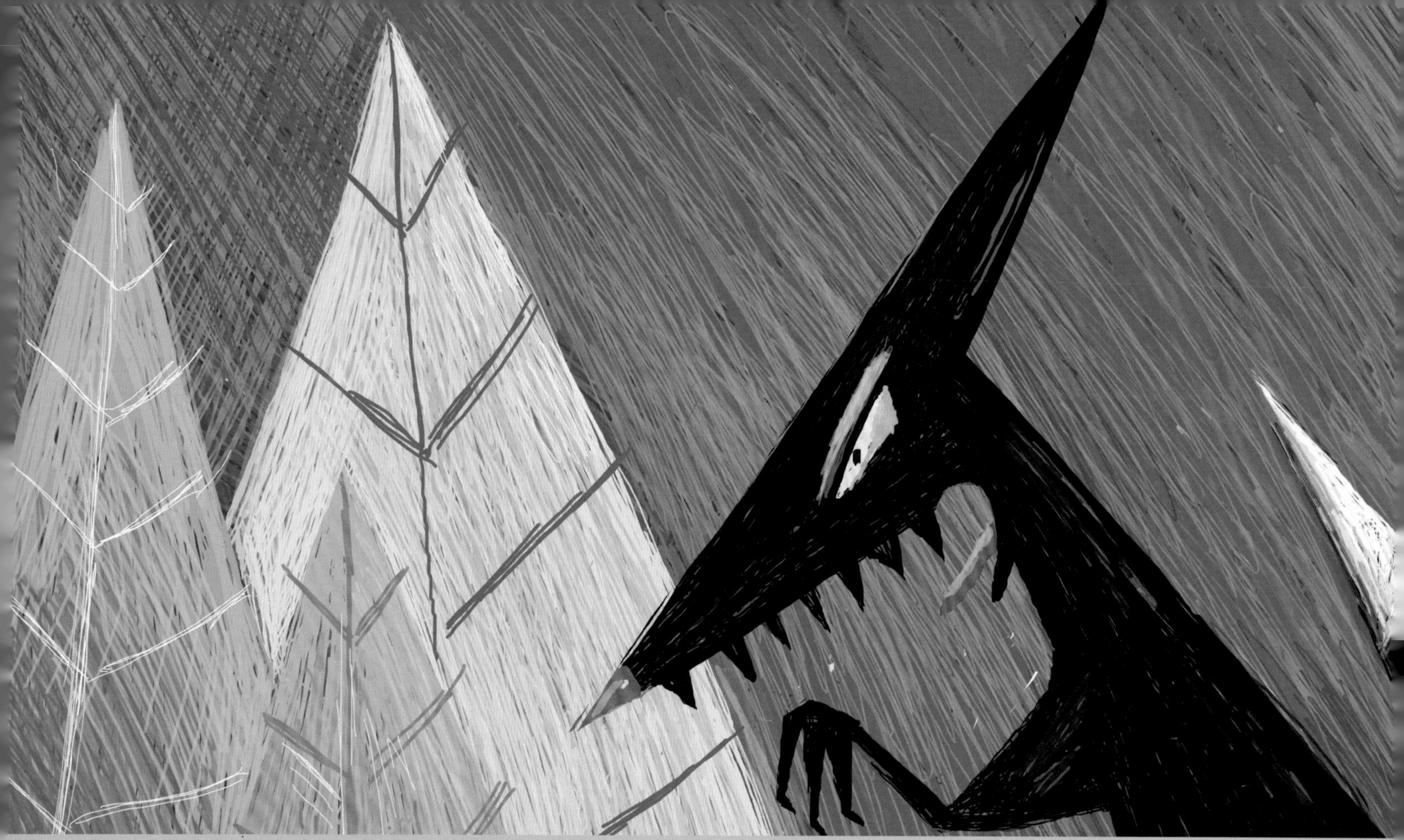

Este es el lobo. Está hambriento.

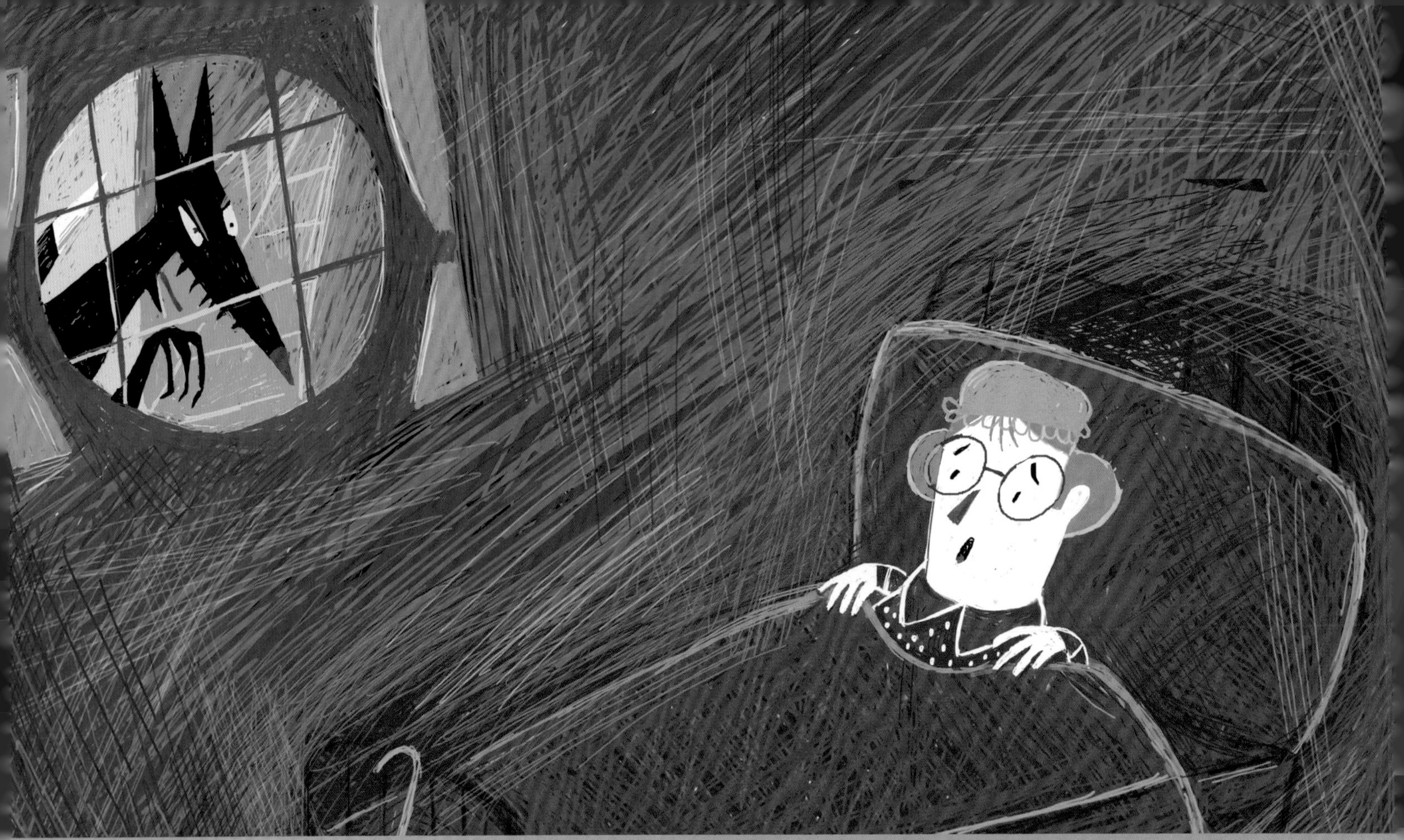

Esta es la abuelita. Está preocupada.

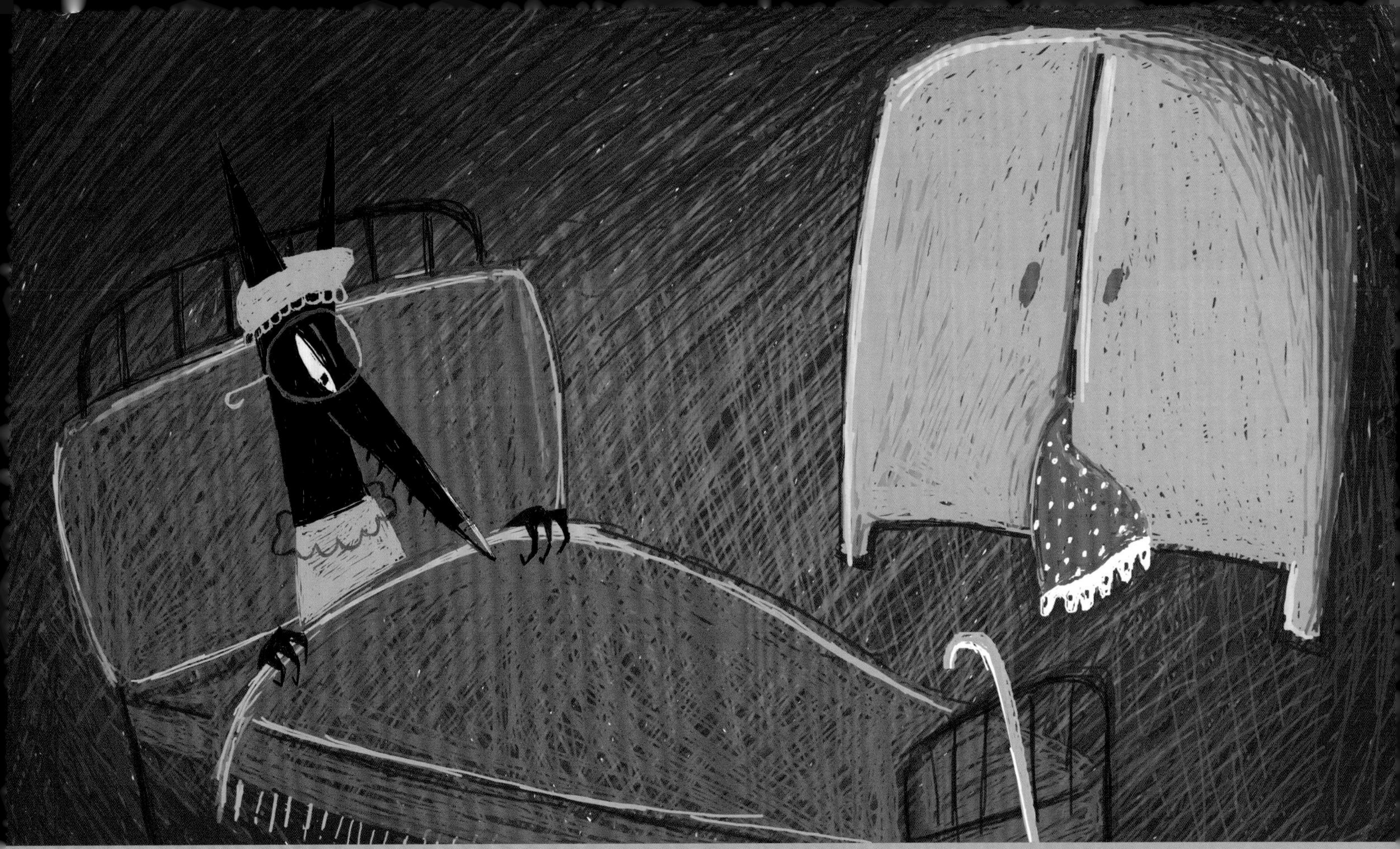

Este es el lobo en la cama. Está impaciente.

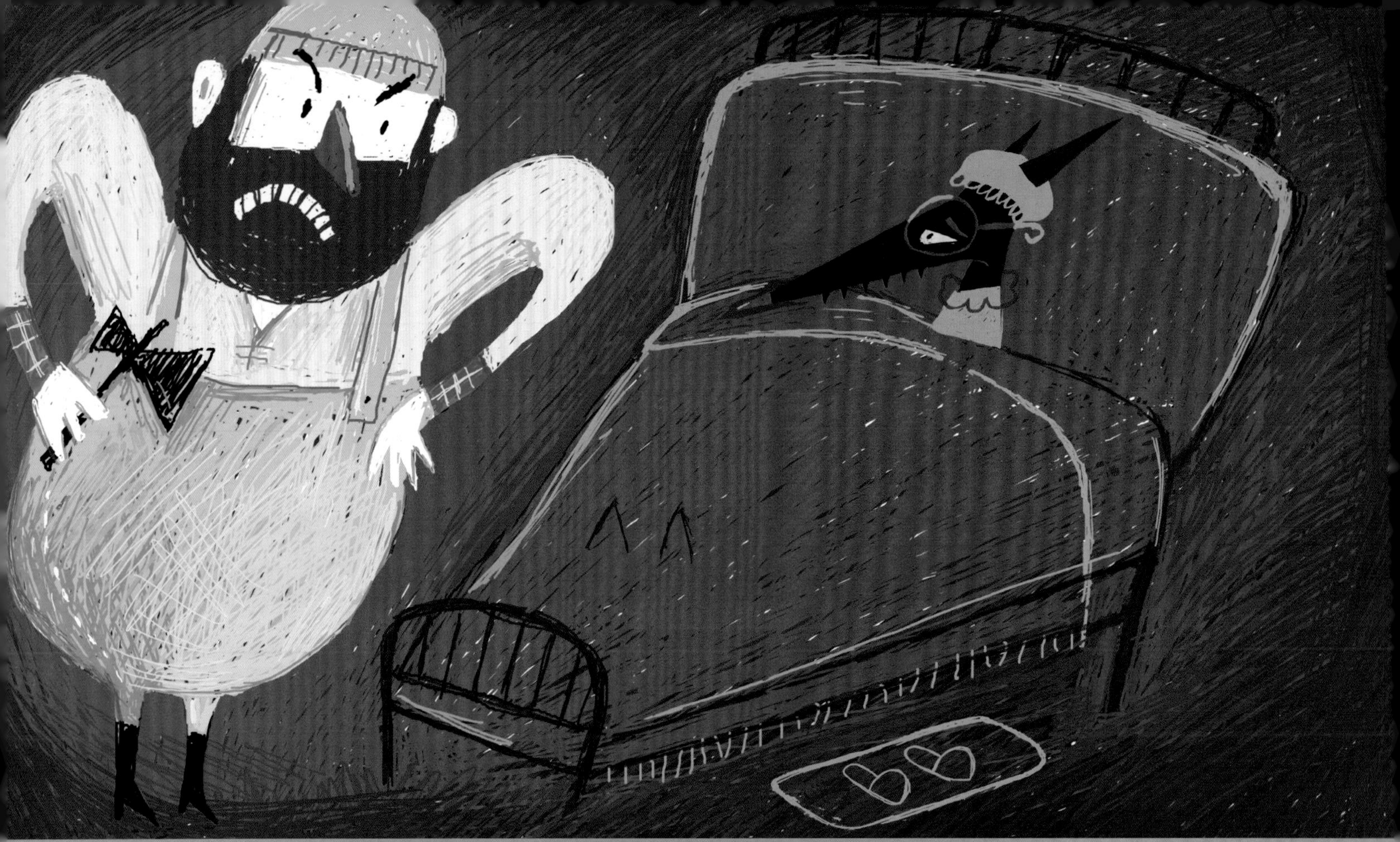

Este es el leñador. Está furioso.

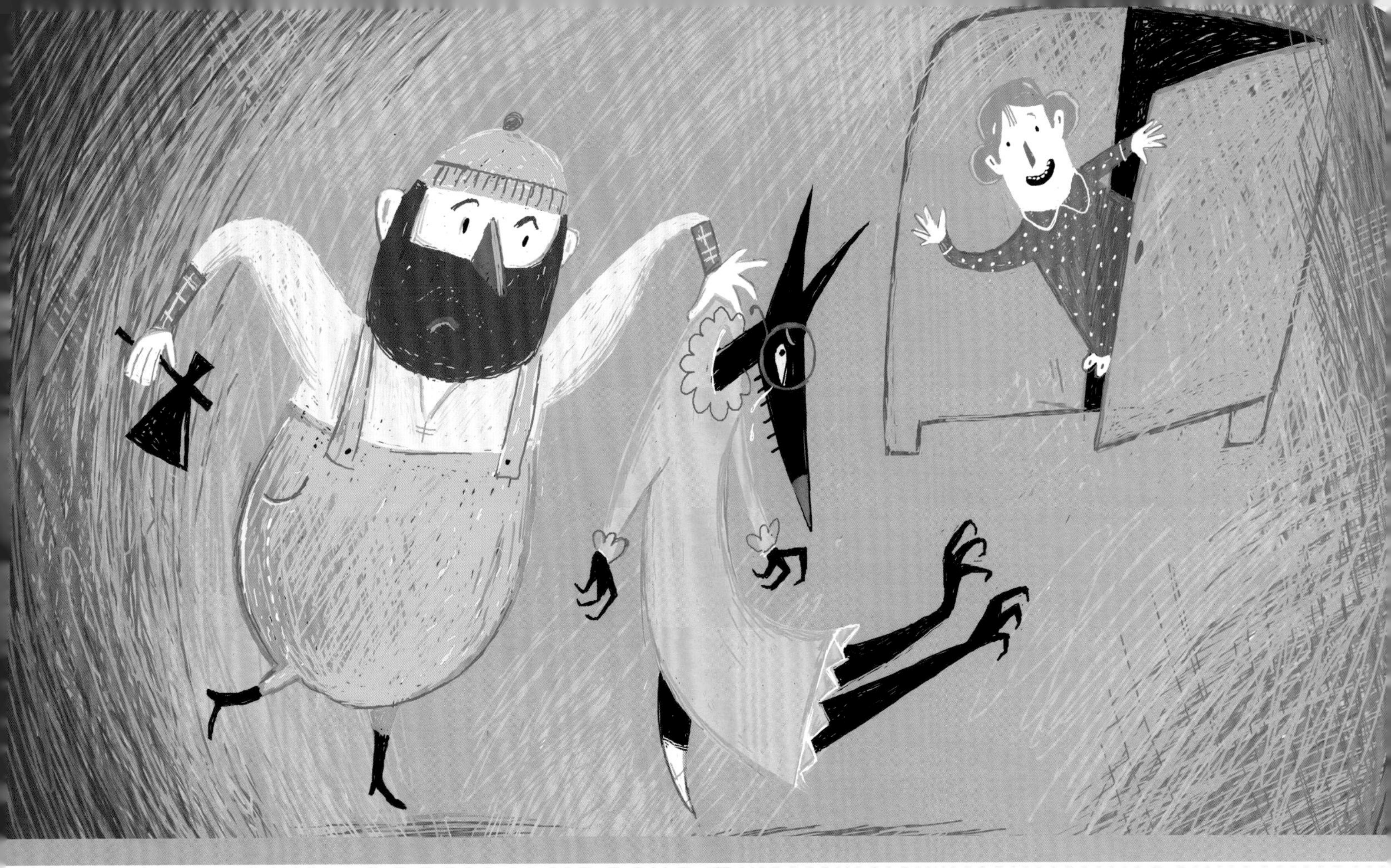

Este es el lobo. Está arrepentido.

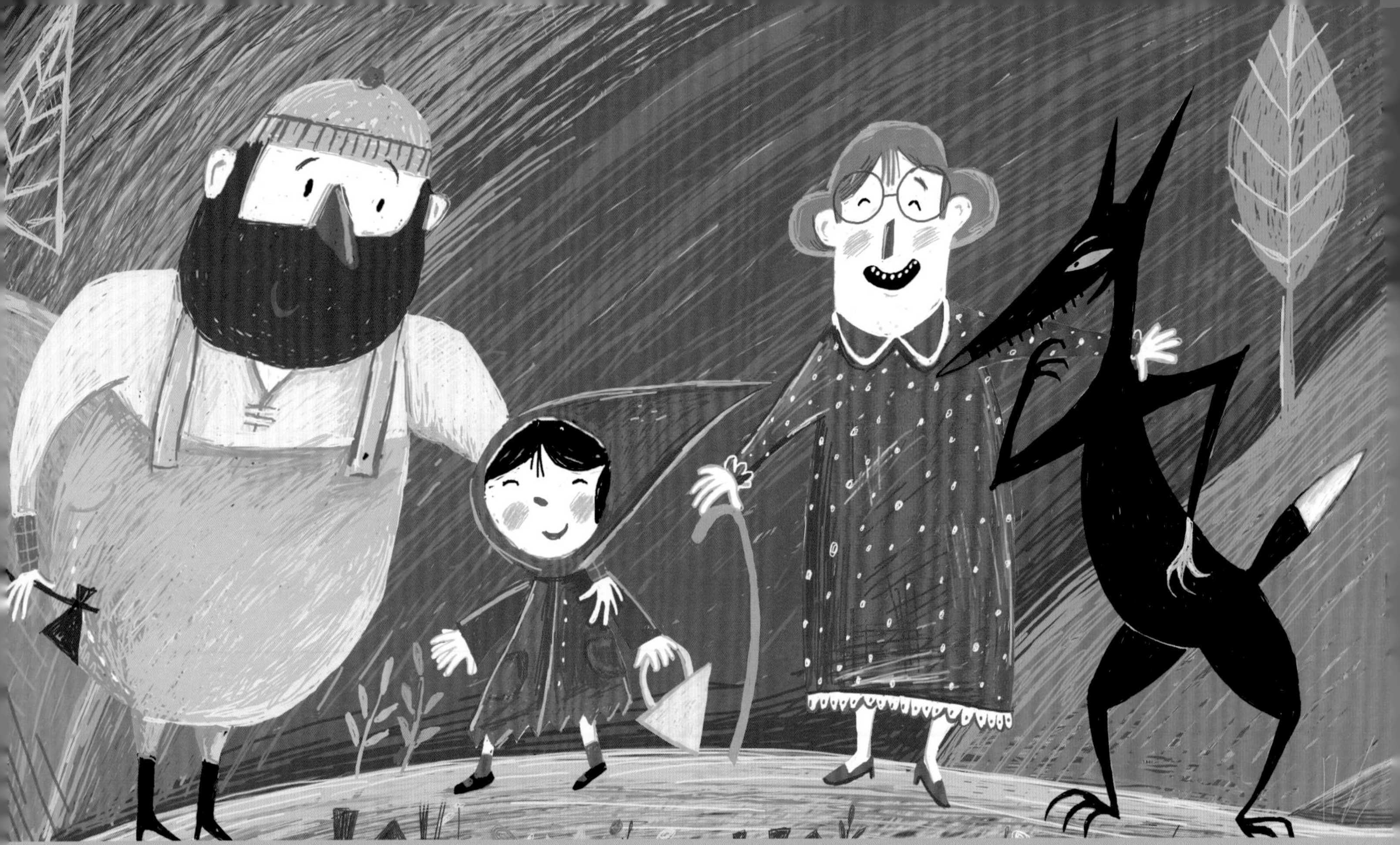

Estos son todos. Están felices como perdices.

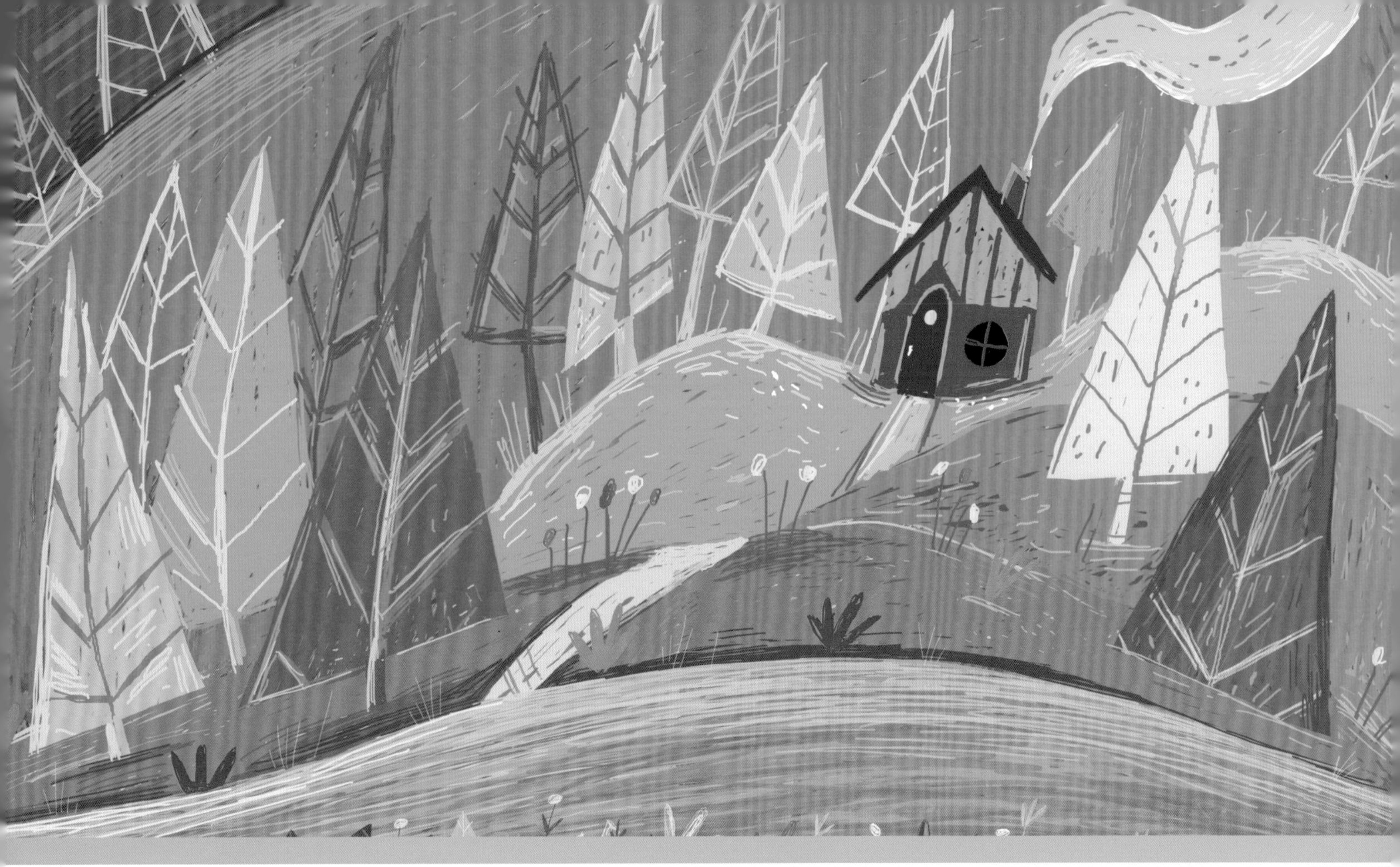

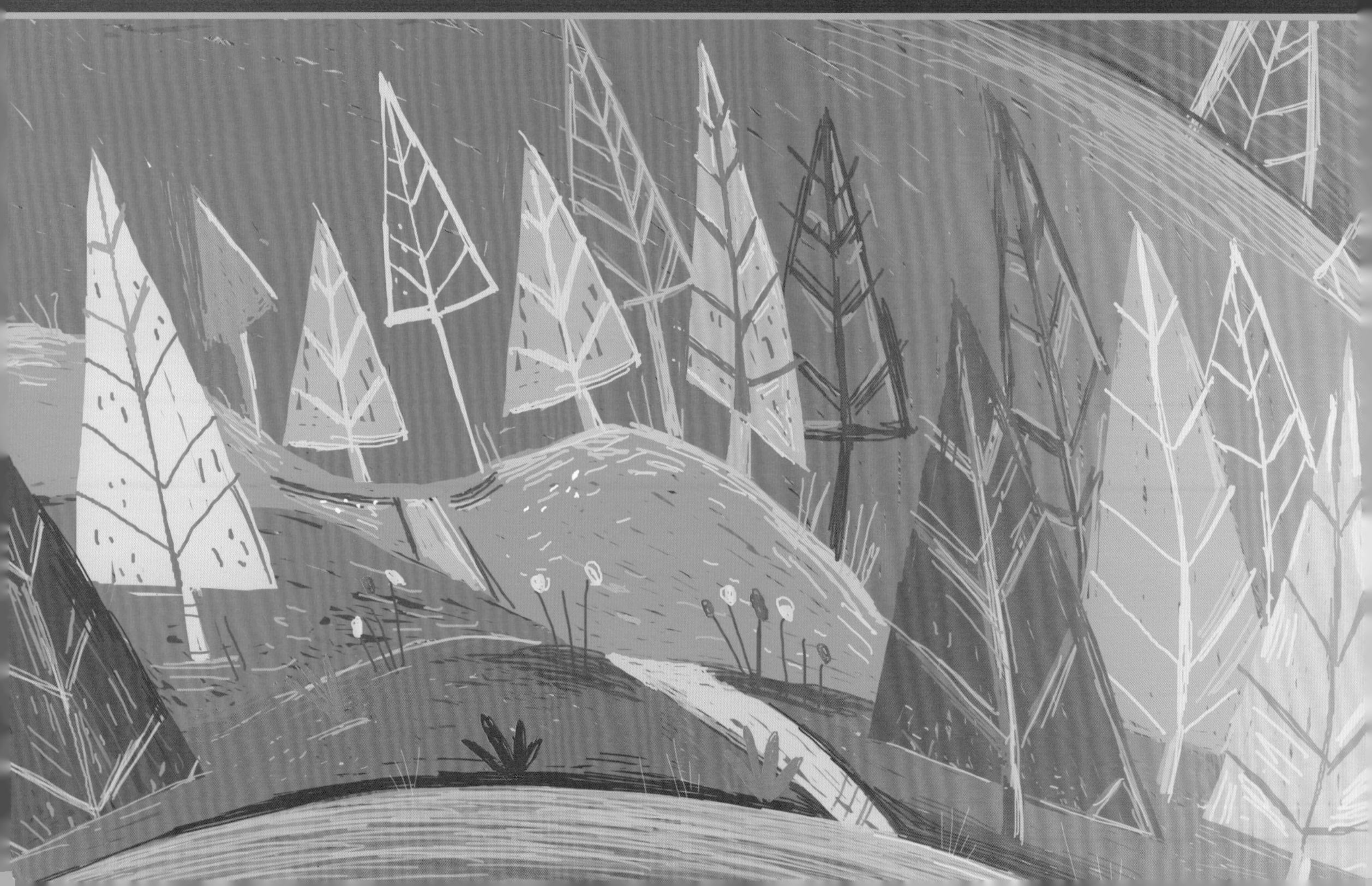

Caperucita Roja
ISBN: 978-1-68292-541-6

© Del texto: 2017, Lada Josefa Kratky
© De esta edición:
2017, Santillana USA Publishing Company, Inc.
2023 NW 84th Avenue
Miami, FL 33122, USA
www.santillanausa.com

Dirección editorial: Isabel C. Mendoza
Edición: Ana I. Antón
Dirección de arte y producción: Jacqueline Rivera
Ilustrador: Héctor Borlasca
Montaje: Gráfika LLC

Published in the United States of America
Printed in USA by Bellak Color, Corp.
20 19 18 17   1 2 3 4 5 6 7 8 9 10

Aquí acaba este libro
escrito, ilustrado, diseñado, editado, impreso
por personas que aman los libros.
Aquí acaba este libro que tú has leído,
el libro que ya eres.

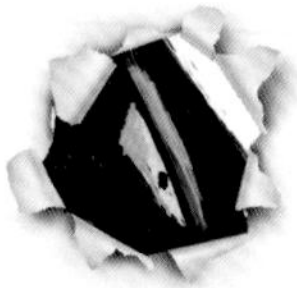